[illegible] Com.[illegible] [illegible]

[illegible] l'auteur.

(Par Grouvelle,

Ministre plénipotentiaire [illegible] Chargé d'affaires de France, en Danemark.)

Lettre en vers

à ma Soeur

sur le Roman philosophique et sentimental de Voldemar.

Avec une préface et des notes.

Insani sapiens nomen ferat, aequus iniqui,
Ultrà quam satis est, virtutem si petat ipsam.

Horat. Ep. 6. L. I.

L'homme juste souvent pour injuste a passé
Et le sage à bon droit prit le nom d'insensé,
Lorsqu'au delà du point, qui suffit à notre être,
Cherchant la vertu même, ils l'osaient méconnaitre.

Copenhague

1797.

ENVOI.

Reçois ce nouveau fruit d'un sevère loisir ;
Qu'il t'occupe, s'il ne t'amuse !
Que ta plume bientôt recompense ma muse !
Oui, des absens du moins goutons bien le plaisir.
Chargeons chaque courrier d'amitiés, de nouvelles,
De récits gais, intéressans,
De vérités, de bagatelles,
Et de sarcasmes innocens.
Que n'ai je comme toi la grace épistolaire !
C'est un don feminin, un des mille arts de plaire,

Que sème en se jouant l'écharpe de Cypris.
Les Sevignés encor fourmillent dans Paris.
Mais la reponse est bien, quand la lettre est jolie.
Mon stile prend du tien et son charme et sa vie;
Il plait, embaumé de tes fleurs,
Faible écho de ta mélodie,
Pâle reflet de tes vives couleurs.

PREFACE NÉCESSAIRE.

On a dit, qu'un *homme d'esprit ne fait rien comme un homme ordinaire;* il fallait ajouter: *pas même l'Amour.* L'habitude de refléchir prédomine dans la fièvre de sa passion.

Une femme écrivait à son amie: "gardez-vous de "prendre pour amant un homme de lettres; ces gens là "ne s'oublient jamais; ils ne se laissent point aller; au "contraire, ils se retiennent; ils se regardent passer."

Mais voici un personnage, qui n'est pas seulement bel esprit; il est de plus metaphysicien par goût et par étude: Et cet homme se met á aimer. Qu'arriverat-il?

Il a des systêmes, avec lesquels il s'efforcera d'amalgamer ses sentimens. De ce mélange se formera, je ne sais, quel caractère complexe et variable au point de devenir inexplicable pour le commun des hommes, et méconnaissable pour lui même.

Tel est le héros du Roman, qui sous le titre de Voldemar a trouvé des enthousiastes en Allemagne, et quelques prôneurs en France.

Au terme d'une jeunesse orageuse, il s'est fixé dans un cercle de parens et d'amis. Il y rencontre une femme intéressante plutot que belle, mais dont l'esprit est sublime et l'ame affectueuse. Henriette n'est point mariée. Mais Voldemar a beau la distinguer, comme elle même le préfere; chacun d'Eux prétend ne sentir que la flâme d'une amitié, qui n'a rien de commun avec l'amour. L'idée d'épouser Henriette parait à Voldemar une extravagance, une sorte de monstruosité. Pour Henriette, elle en est si loin, qu'elle arrange elle même le mariage de Voldemar avec une jeune amie, dont elle a fait l'éducation. Cet hymen ne rend que plus intime leur liaison. Envain l'expérience les avertit des dangers d'une telle intimité: Envain le public la fronde. Voldemar méprise toute convenance, qui heurte son sentiment; il ne connait de loi que ses principes, de juge, que son coeur. Cette présomption de conscience, son amie la partage. Que leur importe, la société? Que fait pour eux l'exemple des âmes vulgaires? Ils s'estiment; ils s'admirent; ils sont *sans peur*, et se croyent *sans reproche*.

Pourtant ils se trompaient. En dépit de leur sécurité, ils ont échoué contre l'ecueil des sens. Il y a du sexe dans cette rare amitié. C'est un secret, qui leur est revèlé par des accidens assez étranges; découverte qui les rend malheureux. Voldemar surtout s'obstinant à méconnaitre l'égarement de son coeur, fuyant les explications, devient ombrageux, soupçonneux, jaloux, et se livre à tous les accès d'une passion blessée dans ce qu'elle a de réel et dans ce qu'elle a de chimérique. Un moment il se reconnait; il se juge. Son état en empire. Il s'accuse en Caton; il se justifie en sophiste. Il est tourmenté par des Eumenides d'une espèce nouvelle. Il faut avouer, que ses combats solitaires forment un tableau curieux. Mais il est confus, et ne peut se décrire.

La philosophie de Voldemar est, ainsi que sa passion, ondoyante et comme prismatique. Il n'y a ni trait, ni couleur pour la bien rendre. Ses idées paraissent autant de reflets d'une imagination brillante, d'une sensibilité rafinée et d'une raison argutieuse. Vous croiriez assister à ces representations phantasmagoriques, où l'on voit au milieu d'une épaisse nuit des apparitions, qui semblent avoir un corps, et pourtant qu'on ne peut sa'sir. La merveilleuse facilité, qu'a cet auteur de se pénétrer de la pensée d'autrui, l'empêche de fixer la sienne. Il vous fait flotter entre les opinions les plus contradictoires; il vous échappe au moment, où vous croyez le tenir, soit pour réfuter, soit pour embrasser sa thêse. Il enseigne beaucoup, mais il est impossible de devenir son disciple.

A travers les divagations de Voldemar, on distingue pourtant le paradoxe moral, qui est la racine de ses erreurs et de ses tourments. On est tenté de croire, que ce paradoxe est l'opinion propre, la théorie favorite de l'auteur; tant il épuise de rhetorique et de subtilité pour l'établir; tant est vague l'espèce de retractation qu'il én fait à la fin de l'ouvrage.

"Le sentiment (nous dit il) seul mobile de vos actions,
"doit être la seule règle de vos devoirs; qu'il vous gou-
"verne exclusivement; loin de vous les preceptes d'une
"raison imparfaite! les commandemens de la loi sont
"nuls, sont indignes d'une âme élevée."

Oh! Voldemar! si vous sortiez un moment du cercle retréci de vos avantures, où vous mèneraient de tels axiômes!....

On a observé, qu'une certaine impression subite nous détermine pour le juste contre l'injuste, au moins dans les cas simples. Mais faut il en conclure, que dans les situations très compliquées, que fait naitre le cours de la vie sociale, nous devions nous décider uniquement, et agir par ces impulsions aveugles et presque machinales?

On avouera, avec de grands métaphysiciens, qu'il parait impossible de trouver dans le raisonnement seul les moyens de démontrer la bonté essentielle d'une action. Mais s'ensuit il, qu'il faille s'abstenir de toute analyse, de toute doctrine en fait de morale?

Il peut arriver souvent, que les loix ordonnent, et que les usages préscrivent des procedés contraires au voeu de l'humanité et de la sympathie naturelle. Mais doit on en induire l'obligation de mettre son sentiment au dessus de toutes les loix et de toutes les convenances? Ne vaudrait il pas mieux expliquer cette contradiction fâcheuse par sa véritable cause, la fausse position des hommes et des choses, la mauvaise organisation des sociétés? et comme cette cause n'est certainement que locale et passagére, ne serait il pas plus beau de méditer les moyens de la detruire pour le bien commun, que de se singulariser par des déclamations stériles contre la loi et la coutume en général?

C'est le don de refléchir, et de raisonner sur ses propres refléxions, c'est, en un mot, la raison, qui fait la moralité de l'homme; si la brute n'agit pas moralement, c'est, que cette portion d'intelligence lui manque.

Cela posé, qu'est ce qu'un systême, qui veut qu'on s'élève à la vertu autrement que par l'usage habituel d'une saine raison?

C'est principalement par ses rapports avec nos semblables, que telle de nos actions est honnête ou vicieuse.

Qu'est ce donc, qu'un systême, suivant le quel vous ne considérez rien qu'en relation avec vous même, vous ne cherchez qu'en vous seul le principe et la fin de toute vertu? que serait la vertu sans la Société?

Ces hypothèses fragiles et les théories opposées ont inspiré l'epitre qu'on va lire.

J'entends, qu'on se recrie. — Ces vers sont trop abstraits. La poësie doit elle toucher certaines questions? Qui comprendra celle ci? — Ceux qui auront compris Voldemar.

A ma Soeur

sur le Roman philosophique et sentimental de Voldemar.

O charme de mes jours, ô ma premiere amie,
La plus tendre des Soeurs, comme la plus chérie,
Tous deux nous retraçons et Pollux et Castor.
De Jupiter (dit on) le caprice bizarre
Les sépara pour prix de leur amitié rare;
L'un vers l'Olimpe avait il pris l'essor;
L'autre aussitôt descendait au Ténare.
Comme leur coeur, le ciel nous départit leur sort.
Trop longtems la guerre inhumaine
Aux bords de la Baltique a retenu mes pas.
Contre la liberté votre fureur fut vaine;
Mais l'amitié vous venge, enragés potentats!
L'Artisan des noires querelles
Pitt rallume l'embrasement.
Avec la paix, fuit le moment,

Où je tiendrai ta main dans mes mains fraternelles,
Où d'un long entretien le doux épanchement
 Confondra nos âmes jumelles!....
Ah! du moins, pour tromper l'absence et ses langueurs,
Plus gaîment desormais nous pourrons nous écrire.
 Déjà luisent des jours meilleurs;
 Le patriote ose sourire,
La Republique enfin de tant de maux unis
Triomphe, et s'affermit sur sa bâse nouvelle.
Mon coeur tant tourmenté se rasseoit avec elle.
Des communes douleurs les pensers rembrunis
N'en sont plus l'aliment unique et nécessaire.
Muses, grâces, beaux arts, chers et charmans bannis,
 Rentrez sous mon toit solitaire.
 Ecrits glacés, auteurs profonds,
 Fuyez! allez, grands politiques,
De ma bibliothéque orner les hauts rayons!
Descendez sous ma main, peintres philosophiques
 Et des moeurs et des passions,
Optimistes, frondeurs, enjoués, pathétiques!
 Mais parmi ces divers crayons
 La préférence est délicate;

Il ne faut à mon coeur, non plus qu'à ma raison,
Qu'une diversion, non une disparate:
Rabelais est trop fou; trop tendre est Richardson....
Mais quoi! mon choix est fait; tu l'as dicté toi même,
Eh! qui mieux, que ma soeur, peut savoir ce, que j'aime?
Je lirai Voldemar..... Ou plutôt je l'ai lû,
Souvent avec impatience,
Jamais avec indifference.
Sur le papier discret, (ainsi tu l'as voulu)
J'ai versé le torrent d'idées,
Que chaque page m'inspirait;
A l'éxemple de Pope, ornant un fonds abstrait
De poëtiques fleurs avec choix hasardées.
O Soeur trop indulgeute, il te souvient du tems,
Où de mon coeur volage et par fois de mes sens
J'osais te confesser les jeunes incartades.
Avec des yeux moins indulgens
De mon grave Apollon liras tu les boutades?
Toujours on aime à voir le portrait d'un ami;
Qu'importe, qu'il soit beau? C'est assez, qu'il soit lui.
Mais le prélude est long, et mon sujet m'appelle.

DES contradictions, salut, rare modèle!
Fantasque Voldemar.... Quiétiste nouveau,
Pour éxalter son âme, il brouille sa cervelle.
La raison devant lui porte envain son flambeau;
C'est du sentiment seul, qu'il poursuit l'étincelle.
Riche dissipateur des trésors, qu'il proscrit,
Que d'esprit conjuré pour détrôner l'esprit!
Il ne parle que de nature;
Il est tout art sans le savoir.
Pour Henriette, il croit n'avoir
Qu'une amitié celeste et pure.
Vient le démon d'Orgueil, vient le lutin des sens,
Ces malins conseillers d'Eve notre grand mère,
A peine ils ont soufflé sur ces feux ravissans
L'Ardeur divine dégénère:
L'Ange n'est qu'une femme et l'ami qu'un amant
Tyrannique, jaloux, mutin, insociable
Pour des riens se donnant au Diable
Et boudant seul comme un enfant.

Voilà donc ce héros du Spiritualisme!....
Il a beau m'étaler son stoïque manteau

Brodé de l'or du Platonisme:
Il préconise envain *l'antique* et le *vrai beau.*
Faible et mal étayé d'une vertu factice,
Il tourne au moindre vent sur les mers du caprice.
A la Nature, à la Société
A ses amis son coeur compte pour crime
La moindre contrariété,
Se croyant bon, sage, sublime,
En blessant même l'Equité,
Et malgré soi, dupe et victime
D'une intraitable vanité.

Instinct! Guide trompeur! le feu follet de l'âme!
Il ne brille un moment que pour doubler la nuit.
Hors du sentier battu si vous suivez sa flâme,
Au précipice il vous conduit.
Ces prôneurs de l'instinct rappellent le délire
De certain grand docteur, autre fou sérieux.
Se voyant deux bras et deux yeux
Il s'en vint à songer, qu'un seul pourrait suffire.
»Que ne corrigeons nous (disait il, et sans rire)
»Ce vieux Pléonasme des Dieux!

»L'homme borgne et manchot serait peutêtre mieux.»
De son superflu même il pense à se défaire,
Lorsqu'une fluxion attaquant son oeil droit,
Le bon Docteur se ravise, et conçoit
Que l'oeil gauche est fort nécessaire.
Raisonner chaque mouvement
Ou n'agir que par sentiment
C'est à mérite égal postuler l'Ellébore.
Deux yeux pour notre esprit! Ce n'est pas trop encore.

Quoi donc! de la raison rénégat indiscret,
Tu n'en ferais chez toi qu'un Conseiller muet,
Quand ton âme, sans elle, impotente et boiteuse
Trébuche au premier pas dans sa marche douteuse!
Que dis je! et si des coeurs ce ressort triomphant,
Favorisé par toi du nom de Conscience,
N'était de la raison que le premier enfant
Formé par l'habitude et par l'expérience,
Que tu serais trompé, toi qui dans tes transports
Prends l'effet pour la cause et l'ombre pour le corps!
Ingrat! la nature t'accuse,
Quand tu proscris son plus beau don.

Qui n'en use pas, en abuse.
Sois homme et rien de plus. Etre mixte! à quoi bon
Briguer cette unité qui surtout en morale
Est la pierre philosophale?
Du Sophiste Ecossais * autant vaut le jargon,
Et son sixieme sens, chimére surannée.
Qu'est ce que la Vertu? je l'appris de Zenon:
La Raison perfectionnée.
Grandisson n'excellait qu'à force de raison;
Et Socrate lui même eut il d'autre Démon?
Non, la Vertu n'est point un fruit inaccessible
Croissant loin du vulgaire, hors des champs du possible.
Elle fleurit pour tous: et l'homme vertueux
Admirable, il est vrai, n'est point miraculeux.
L'ériger en Phénix c'est en faire une fable.
L'homme simple qui voit le bien exagéré
S'effraye, et ne croit plus même au bien véritable.
Ah! disons lui plutôt: "ce mortel vénérable,
Sincére, juste, humain, généreux, modéré,
Citoyen, ami, père, époux irréprochable,

* Hutcheson (v. la note 3.)

Il ne se donne pas pour un être inspiré,
Un Génie, un Platon.... non, il est ton semblable;
Pour devenir le sien tu n'as qu'à le vouloir.
Prétend-on s'élever au delà du devoir?
Il faut d'abord l'atteindre. Eh! l'héroïsme même
Est il chez les héros un privilège inné?
Tombe t'il dans un coeur comme un rayon suprême
Du foyer de Thabor tout à coup émané?
Aux hymnes du Poëte, aux prêcheurs fanatiques
Je laisse le nonsens de ces phrases mystiques.
Le coeur humain n'est bon ni méchant impromptu;
Comme la vérité l'homme apprend la vertu.
Peut être il est un art d'épurer la nature;
Mais n'allons point hors d'elle en chercher l'instrument.
Aux qualités du sol adaptons la culture.
Je puis être meilleur, mais non fait autrement.
Sur l'agenda du sage il est dit qu'il faut tendre
A la perfection et jamais y prétendre.

J'aime un penseur aventurier
Qui de grands sentimens l'âme toute embrasée,
Pour un monde idéal, fantastique Elisée,

Fuit ce monde pratique et son train routinier,
Mais de quelques pélérinages
Honorons seulement ces magiques rivages.
Jean Jacques même y fit un séjour malheureux;
S'il ne dort comme Homére, il rêve au moins bien creux.

Ah! dans sa sphère naturelle
Que notre esprit voyage et coure librement.
L'Espace est assez grand, la carriere assez belle;
Mais peut on sans péril franchir son élement?
S'il dépasse des cieux la région moyenne,
Blanchard dirige mal sa nef aérienne.
D'un esprit trop subtil c'est l'emblême éclatant.
L'Aigle près du soleil envain plane un instant;
Sur la terre il faut qu'il revienne
Passager dans le ciel et non pas habitant.

Oh! Minerve! l'orgueil, séduisante Syrène
Rode autour de ton temple; il appelle, il entraîne
Le mortel accueilli par toi,
Mêlant à ton nectar un filtre qui l'enivre.
Oui, dans soi même toujours vivre

Mêné à ne vivre que pour soi.
On se sourit, on se compare;
Meilleur á peine, on se croit excellent.
Moins modeste et moins indulgent,
Par haine ou par dédain, du monde on se sépare;
Chagrin et mécontent de soi même et d'autrui,
N'échappant aux fureurs qué pour sécher d'ennui.
Ainsi l'âpre Egoïsme en un coeur pur se glisse;
Et la Philosophie a fait plus d'un Narcisse.

Tel parait Voldemar. Encore si l'auteur
Eût de tout son sujet parcouru la hauteur!
Des tableaux aux discours si l'éloquence unie,
Si d'incidens heureux un tissu théatral
Nous montrait ce Faux Sage, au gré de sa manie,
Errant sans autre fil qu'un vague instinct moral
Dans le Dédale de la vie,
Tandis que les plaisirs, les prejugés, l'Envie,
Des superstitions le cortège infernal,
La prospérité même, insidieuse amie,
Lui livrent tour à tour un combat inégal!....
Que dis je? un champ plus vaste invitait son génie.

A ce monde crédule elle a fait tant de mal!
Elle a si bien servi la charlatanerie,
Cette subtile revêrie
Des infuses clartés de l'organe mental!
Que n'as tu, Voldemar, peint avec énergie
De tous les monstres nés d'un sophisme fatal.
La longue généalogie!
La Révélation, dont la vieille magie
Soumet encor la terre au joug sacerdotal,
La Grace, objet de guerre et de plaisanterie,
De tant d'Illuminés le mystère bannal,
Le Martinisme issu de la maçonnerie,
Des fripons de B..... la Phantasmagorie
Et le Somnambulisme, ignoble jonglerie,
Jusqu'au Magnétisme animal! ....
Mais Voldemar n'est point un modèle idéal.
Que son cadre est étroit, sa peinture appauvrie!
Je n'y vois qu'un original
Au milieu d'une cotterie.
Ce ne sont que portraits, encor sans vérité.
A travers ce stile affecté
Et ces élans visionnaires

Et tout ce jeu mal concerté
De passions imaginaires,
De colloques profonds jusqu'à satiété,
Mon coeur dépaysé se demande · où puis je être?
A qui m'intéresser? dans qui me reconnaître?
Chaque acteur de ce drame y ressemble au héros;
Parlant dans l'Empirée, agissant terre á terre,
Se démentant à tout propos
Et singulier sans caractère.

Mais taisons nous; ma soeur blâme ces traits amers:
» Si Voldemar t'émeut, s'il t'inspira ces vers,
» (Dit elle,) il a des droits à ta reconnaisance.
» Lire pour critiquer est un fâcheux travers.
» Je hais l'amant qui gronde après la jouissance.
» Je hais le frondeur sourcilleux
» Qui fait un crime au bien de ce qu'il n'est pas mieux;
» Qui voudrait un rocher dans la plaine féconde
» Et demande au Pérou les perles de Golconde."
Non, je critique l'oeuvre et j'admire l'auteur,
La créature ici fait tort au créateur.
Fallait il en vagues prestiges

Dépenser un talent né pour de vrais prodiges?
Tel Philoctète dans Lemnos
Sur le peuple des airs, indigne et faible proye,
Usait ces traits d'Alcide, enviés des héros,
Qui devaient renverser les murs sacrés de Troye,
Achille en le voyant de dépit rougissait.
Dans ce brillant écrit, ce que l'auteur a fait
Me laisse avec chagrin voir ce qu'il a pû faire.
J'eusse été plus flatteur pour un talent vulgaire.
Le Dieu du goût de sa rigueur
Pour ses favoris seuls a reservé l'honneur.
Ainsi fait l'amitié délicate et sensible.
Tu le sais, mon aimable soeur,
De mille sots pervers l'injure et la noirceur
M'ont trouvé souvent impassible:
Le moindre oubli de toi me percerait le coeur.

Notes sur quelques vers

à l'usage de ceux qui aiment mieux la metaphysique en prose.

* * *

Note 1.

Instinct! Guide trompeur! le feu follet de l'âme!*

Souvent la refléxion succède rapidement à la sensation qui l'a fait naître; souvent encore la volonté, l'acte même suivent d'aussi près la reflexion: en sorte que ces diverses situations paraissent à nos esprits myopes n'en faire qu'une seule. L'influence de l'habitude et de la liaison des idées ne se laissant pas distinguer dans certains mouvemens de l'homme, on se presse de les attribuer à cette sorte d'impulsion machinale par la quelle on caractérise d'ordinaire, et aussi infidèlement, les procédés de la brute. *Instinct* est donc un mot imaginé pour aider l'ignorance impatiente et jaseuse, comme le mot *hazard* qu'un philosophe définissait *l'effet connu d'une cause inconnue.* Avant qu'on eût calculé le cours des comêtes, on niait qu'elles eussent un cours regulier. On commence à se convaincre qu'il n'y a rien d'anomal dans la nature. Mais qui trouvera un algèbre pour supputer et mesurer les quantités et les intervales métaphysiques?

N°. 2.

Si des coeurs ce ressort triomphant
Favorisé par toi du nom de conscience
N'était de la raison que le premier enfant
Formé par l'habitude et par l'expérience......

J. J. Rousseau appelle la conscience *le meilleur des casuistes;* cela peut être vrai dans quelques cas; et il n'en faut pas davantage pour un écrivain ingénieux. Mais il établit dogmatiquement que la conscience est un don naturel, qu'elle tient à des principes innés, que sais je? qu'elle suppose une sorte d'influence immédiate de Dieu sur l'âme humaine. Ici la déclamation tire à conséquence. Je l'arrête et lui demande, pourquoi, dans ce cas, la conscience peut être corrompue ou égarée. En effet que ce soit des sages ou des hypocrites qui l'ayent formée et dirigée, elle offrira la perfection ou la dépravation du sens moral. Elle enfantera les dévouemens raisonnés de l'amour de la patrie et des hommes, ou les crimes bien intentionnés du fanatisme. Elle produira Brutus ou Séide, Epaminondas ou Jean de Leide, St. Dominique ou St. Vincent de Paule.

Les Escobars ont aussi une conscience; mais quel casuiste qu'une conscience de Jesuite?

Si la conscience agissait au moral, comme agit au physique ce qu'on nomme l'instinct, ses directions seraient de même uniformes.

Si la conscience était la voix de Dieu, cette voix parlerait toujours un langage divin.

Rousseau a beau prodiguer les éclairs et les foudres; la conscience n'est qu'une routine bonne ou mauvaise, droite ou tortue, grossière ou rafinée.

N°. 3.

Du sophiste Ecossais autant vaut le jargon
Et son sixieme sens, chimère surannée.....

A la vue des actions justes ou vertueuses, notre âme est agréablement affectée. L'injustice et la bassesse lui font éprouver un sentiment contraire. Vives, subites, et presque irréfléchies, ces sortes d'impressions semblent involontaires; ce qui les fait ressembler aux affections qui naissent des objets sensibles. On croit avoir l'horreur du crime comme on a le dégoût de la difformité. Il semble qu'un trait de générosité plaise de la même maniere que l'odeur d'une rose.

Ces rapports ayant frappé les hommes d'esprit, ils les ont comparés. Pour peindre la faculté d'être ému moralement, ils ont trouvé bon d'employer les mots qui expriment celle d'être physiquement affecté. C'est ainsi que le sentiment des convenances dans les productions des arts a reçu le nom de *goût*, et que celui de *tact* a été donné au sentiment des convenances dans la société. Ainsi fut imaginé le mot de *sens moral*. Il n'etait d'abord qu'une similitude, une métaphore dont les philosophes usèrent pour suppléer à l'indigence de la langue psychologique ou pour se rendre plus intelligibles au lecteur vulgaire. C'est dans cette acception que vous rencontrez ce terme chez des ecrivains, nullement suspects d'un excessif spiritualisme, tels que Hume et Condorcet.

Mais il a paru un philosophe qui dans des recherches sur les sources de la moralité humaine, trouvant cette expression de sens moral, s'est avisé de la prendre à la lettre, de la travestir en une réalité métaphysique. Point de subtilités qu'il n'épuise pour faire un systême d'une figure de Rhétoriqne. De ce genre de paralogismes et des maux qu'ils ont faits aux hommes, on pourrait faire un volume qui ne servirait pas peu contre la superstition et la tyrannie.

Comment les qualités morales pourraient être pour nous perceptibles intuitivement, à l'égal des objets sensibles, c'est ce qu'on peut voir dans la *Theorie des sentimens moraux*, où Smith a refuté aussi bien qu'exposé ces rêveries du Docteur Hutcheson. Mais leur spécieux appareil a séduit plus d'un esprit du même genre. Rien de plus bizarre que l'usage qu'en a fait l'auteur du livre intitulé *de la nature* et publié sous le nom de Robinet. Voici à peu-prés comme il raisonne.

Si la faculté d'être affecté moralement est en nous le résultat d'un certain sens, ce sens particulier doit, comme les autres, être en communication avec les objets, pour l'intermède d'un organe propre. De cette conjecture, il se fait un axiôme d'où il part pour rechercher dans toute sa machine pensante et sentante où peuvent se trouver les muscles, les nerfs, les fibres ou fibrilles qui constituent le sixieme sens qu'il préfère d'appeller *gout moral*, moins pour donner à son plagiat un air de nouveauté que pour spécifier ce même sens.

Il va plus loin; il suppose des fibres morales, répandues, si non sur la Choroide, au moins dans une région particuliere de la moelle du cerveau d'où elles correspondent avec la choroïde. C'est là l'organe moral qu'affecte, qu'irrite la méchanceté d'une action dont nous sommes témoins.

Descartes plaçait le siège de l'âme dans la glande pinéale. D'autres ont designé le corps calleux. Charles Bonnet soupçonnait sa résidence dans les anastomoses, les plexus de nerfs, les ganglions etc. L'indication était deja passablement hazardeuse pour un métaphysicien si orthodoxe. Mais le prétendu sensorium moral de Robinet ne serait pas seulement le siège de l'âme; il serait l'âme même; et cela mérite qu'on y pense.

On sourira de la témérité de cette hypothèse. Elle n'est pourtant qu'une conséquence du systême très sérieux d'Hutcheson. Peut être elle eût suffi pour l'y faire renoncer.

Maintenant qu'on m'explique comment ces résultats qui tendent à matérialiser l'esprit, sortent presque toujours des théories et des philosophes les plus décidement spiritualistes?

N°. 4.

Qu'est ce que la Vertu? Je l'appris de Zénon;
La Raison perfectionnée.

Cette définition est traduite littéralement de Senèque Anti-Epicurien; on la trouve même dans Ciceron qui n'était rien moins que Stoicien.

Voici le precepte favori de l'Orateur philosophe. "Rien n'est bien fait (dit il) que ce qui l'a été de telle maniere qu'on en puisse déduire les motifs probables. Toute action doit être éxempte de négligence comme de témérité." Ciceron distingue encore des vertus volontaires et d'autres non volontaires. Lés premieres sont les seules dignes d'estime. Enfantées par la raison, ce qu'il y a de plus divin dans l'homme, elles l'emportent de beaucoup sur les habitudes irraisonnées de la conscience.

Cette maniere d'envisager la moralité de l'homme n'appartient donc point aux sages modernes; elle n'est point une innovation philosophique. C'est pourtant le plus grand reproche que lui aient fait Rousseau et les enthousiastes de son Ecole, grands détracteurs de la raison humaine.

Mais leur éloquence ne charme plus que les imaginations. La raison prévaut. Sentimens innés, instinct moral, toutes ces facultés occultes de l'âme ne fourniront desormais que des Topiques aux Rhéteurs. La Philosophie les a sans appel classés parmi ces idées que Shaftesbury appelle *Specter-opinions*. Bientot il faudra un nouvel Astolphe pour les retrouver dans la Lune avec tant de bonnes cervelles évaporées dans leur enfantement. Car, comme dit l'Arioste

di sofisti (senno) r'é n'era molto.

Peutêtre un jour on en vendra la peinture avec ce fameux tableau des *idées de Platon*, que Pantagruel acheta dans les grandes et solemnelles foires de l'Isle *nulle part* appellée en langue Grécisée par Rabelais *l'Isle médamothi*.

N° 5.

Et Socrate lui même eut il d'autre Demon?

Ce, qu'on fait souvent, on le fait mieux, plus aisement, plus vîte. La voix de Garat et l'archet de Viotti parcourent tous les tons avec la rapidité facile d'un homme qui parle sa langue maternelle. Celui qu'embarrassait Euclide, s'il est parvenu à comprendre la Grange résout sans effort d'immenses problêmes. Voltaire avait acquis une telle facilité d'écrire soit en prose, soit en vers, qu'il improvisait presque sans rature le morceau le plus correct et le plus brillant. Ces merveilles d'un talent bien exercé, pourquoi en faire honneur à une sorte d'inspiration surnaturelle? Elles s'expliquent par le méchanisme de l'esprit, comme ses opérations les plus simples.

Le sentiment moral peut s'étendre et se perfectionner comme le génie des beaux arts, par l'exercice. Voldemar se plait à comparer les traits sublimes, soit dans un chef d'oeuvre, soit dans un héros. Les uns et les autres ne sont, dit il, ni refléchis ni médités; ils ne peuvent être qu'inspirés. La similitude est vraie; la conclusion fausse.

La rectitude des jugemens, les élans vertueux deviennent comme des mouvemens involontaires d'une belle âme. Mais la promptitude à se déterminer pour le vrai, pour l'honnête, pour le beau, ne prouve point que cette détermination soit irréfléchie. Si la volonté n'hésite point, c'est qu'il suffit à l'âme de reconnaitre au moindre signe la présence de la Vertu ou de la Vérité qu'elle a si souvent contemplées dans leur essence, dans leurs rapports, dans leurs effets, depuis leur racine jusqu'à leur cime.

Ainsi Socrate peut appeller familier son prétendu Démon qui n'était autre en effet que cette ancienne et douce familiarité de son propre esprit avec les plus saines notions sur tous les objets. Aussi se vante-t'il de lui obéir toujours, non lorsqu'il le pousse, mais quand il le retient.

C'est ainsi qu'il faudrait peut être expliquer le génie de Brutus. Mais comme il était Stoïcien et conséquemment enthousiaste, on peut croire qu'épuisé de soucis et de veilles, il eut en effet la Vision sinistre qu'il raconta à Cassius, suivant le récit de Plutarque.

Le Malheureux Tasso parait avoir pris à la lettre l'idée du Démon familier. Il croyait en avoir un qu'il écoutait presque sans restriction. Mais alors il était dans une sorte de démence.

Enfin ce Démon fait penser à l'Ange Gardien. Le Christianisme qui a tant emprunté de Subtilités Platoniciennes, a encore imité la belle Allégorie Socratique; et l'Ange Gardien que plus d'une Réligieuse dans ses insomnies, a cru voir face à face, n'est que l'embléme d'une conscience bien éduquée, et toujours active.

N°. 6.

L'ériger en Phénix, c'est en faire une fable.

Ce n'est pas le premier exemple que les Dogmatiques aient fait des Pirrhoniens.

Il y a des ultrà-revolutionnaires en morale; ils y font le même tort qu'ailleurs. Ils ont dépopularisé la Vertu.

Voldemar vous dit: *La Vertu est fille du Ciel; il faut l'épouser sans dot.* Cela est ingénieux, mais non encourageant. Vauvenargues disait avec autant d'esprit et plus de justesse: *On n'est jamais dupe de la Vertu.*

Note 7e et derniere.

Elle a si bien servi la Charlatanerie
Cette subtile rêverie
Des infuses clartés de l'organe Mental...

Quand Voltaire observait que *l'Estomach gouverne la cervelle*, quand Chaulieu disait

Bonne ou mauvaise santé
Font notre Philosophie.

L'un et l'autre se résignaient de bonne grace à n'être qu'un composé physique et moral; ils ne croyaient pas avoir moins d'esprit pour n'être pas tout Esprit. Des penseurs plus sérieux se sont avisés d'être humiliés de cette influence de la matière et ont aspiré à s'en affranchir.

" L'homme (disaient ils) ne pourrait il pas isoler son " âme? Le Corps est un obstacle; si elle savait le fran-" chir! Si nous savions la dégager des sens! Si elle " agissait sans l'intermède des organes! Si le moi intelli-" gent s'épurait, s'éxaltait! Un tel homme gouterait des " jouissances inconnues à ses semblables: des lumieres sur-" naturelles l'environneraient. Et s'il était d'autres âmes " modifiées comme la sienne, qu'un commerce secret avec " elles aurait d'avantages et de délices! Les distances Phy-

» siques n'éxisteraient plus; il verrait, il embrasserait ses
» amis absens. Les morts même seraient près de lui: Car
» l'âme qui n'a plus de corps et celle qui a sû neutra-
» liser l'action du corps sont au même niveau, parlent
» une meme langue. Bien plus; les Etres supérieurs, les
» esprit purs, les Génies, les Anges (et dans leur systême
» entre nécessairement cette population idéale de la na-
» ture) oui, les Anges, suivant que cet être privilégié
» aurait atteint un plus haut dégré de pureté, l'admet-
» traient dans leur familiarité, dans leurs confidences. Qui
» empêcherait qu'un tel homme ne devint digne de voir
» Dieu même, d'en être visité, d'en être illuminé? Et
» alors plus de mystères inaccessibles! le passé, l'avenir,
» l'inconnu, tout est à sa portée; tout se découvre à ses
» Contemplations."

A force de spéculer sur cette perfection hypothétique, des insensés plus ou moins lettrés, ont cru pouvoir l'atteindre, ont cru l'avoir atteinte. Ce que ceux ci croyaient, des fripons l'ont supposé. D'autres sophistes plus audacieux ont prétendu connaitre des méthodes sûres pour arriver eux même et pour conduire les autres à cette sorte de sublimation ou de concentration de l'Esprit.

On conçoit qu'en des âges moins éclairés, des hommes d'Etat, des chefs de secte, des revolutionaires, des

Moïse, des Numa, des Mahomet aient affecté des inspirations chimériques pour mettre en crédit d'utiles nouveautés. Aujourdhui ces illusions ne sauraient souffrir l'éclat des lumières publiques. Les grands ambitieux n'en feraient rien; tout au plus sont elles la ressource d'intrigans obscurs. Aussi voyez vous que les Doctrines analogues cherchent toutes l'ombre: elles se refugient dans les Sociétés secrètes. C'est le contraire des tems anciens. On professait en public des absurdités; on faisait de la vraie science un mystère. D'où vient cette différence? de l'Imprimerie surtout. Elle ne permet plus que le Peuple soit trompé; ce qui (pour le dire en passant) rend assez ridicule cette prétendue Philosophie ou Politique qui croit indispensable de le tromper.

Revenons à ces théories de l'âme épurée et quintessenciée. Il faut qu'elles ayent un singulier attrait. Dans tous les siècles, on les voit propagées sous diverses formes, soit par les enthousiastes, qui veulent des prosélites, soit par les charlatans qui cherchent des Dupes.

Suivant le Stoïcien et le Péripatéticien, l'âme pouvait se délivrer de la captivité des sens et acquérir la faculté divinatoire par deux moyens, soit par l'état de fureur qui produisait les accès prophétiques des Sybilles, soit par l'Etat de sommeil qui invitait les Dieux à envoyer des songes significatifs. Mêlant ces graves authorités aux rêves de la Magie et de l'Astrologie, le fanfaron et maniaque Cardan se donna pour inspiré. L'Evangile en main, Swedenborg a de nos jours fait croire à ses visions nombre de gens qui n'etaient ni fous ni bêtes. Lavater et plus d'un Docteur vénérable ont exploité à leur guise cette hypothèse d'une providence particuliere se manifestant à des individus favorisés de révèlations miraculeuses. Enfin on sait que ces idées entrent dans les Symboles Cabalistiques sur les quels les Saint-Germain, les Schræpffer, les Cagliostro ont fondé leurs mystifications et leurs escroqueries.

Que dire de ceux qui poussant plus soin l'induction, ont voulu, non seulement que l'âme fut susceptible de l'omniscience divine, mais même qu'elle en naquit essentiellement douée? Vieille invention, peut être issue du Pythagorisme et conséquemment du Bramisme! De là partaient ces Théologiens qui maintenaient que le premier homme avait été le plus savant des hommes et qui fesaient d'Adam une espêce d'Encyclopédiste. Et qu'on suive encore les conséquences de cette thèse bizarre. Il suffira de dissiper les nuages qui offusquent ce prétendu trésor de connaissances innées que toute âme rècele, pour que le plus stupide, le plus inculte des hommes soit rendu capable de révèler plus de verités que Newton n'en a démontrées;

Et même plus il sera brute, plus il doit être un sujet d'illumination.

Ainsi raisonnaiént les Empyriques somnambulistes et Magnetiseurs. J'ai vu une fille de Campagne, après que, par les simagrées Mesmériques, on l'avait plongée dans un profond sommeil, palper elle même des malades ou leur tâter le pouls, montrer ensuite le Siége du mal, même balbutier assez à propos le diagnostic et le prognostic, et prescrire le remède et le régime convenable. Cettê farce répétée sérieusement dans tous les coins de Paris, était presque toujours précédée d'un fatras de quiproquos physiques et de non-sens métaphysiques débités par le Proxenète de ses pretendus Somnambules, pour expliquer le prodige. Et tout cela faisait grande fortune pármi la Multitude des demis Esprits, qui aiment surtout à préconiser ce qu'ils ne comprennent pas, ne fut ce que pour paraitre le comprendre.

Ces folies n'appartiennent pas plus à notre Europe, qu'elles ne sont propres à notre siècle. Elles ont été importées de l'Orient, comme beaucoup de connaissances utiles et même de fruits délicieux. Là surtout ont pris naissance les Chimeres des Contemplatifs. Ces quiétistes qui firent tant de bruit à la fin du Siecle dernier, ils n'étaient que les imitateurs rafinés des Grecs hésychastes, connus pour chercher l'extase et les visions célestes dans la contemplation de leur nombril. La Doctrine intérieure du Chinois Fô est encore un type plus antique de toutes les idées semblables. Et si Fô, comme on l'a dit, est le même que l'Hermès trismegiste, on voit l'affinité de ces systêmes avec les jongleries de ce Cagliostro qui se vantait d'avoir puisé sa Science sous les Pyramides d'Egypte. Certains sots seraient bien fiers d'avoir une généalogie aussi ancienne que celle de certaines sottises.

Mais en rappellant ces écarts de l'Esprit humain, ces dangereuses extravagances, ces tromperies nauséabondes, il faut redire que tous ces travers ont leur source dans l'opinion même de la Spiritualité de l'âme. Ils y tiennent de plus ou moins près ; mais ils y tiennent tous. C'est une vérité, on la croit fâcheuse, elle n'est qu'utile. Elle ne prouve pas que cette opinion soit fausse et indigne des regards du Philosophe. Mais du moins avouera t'on qu'il est facile d'en abuser. Apparemment aussi on en concluera qu'elle doit être embrassée avec un peu défiance et produite avec beaucoup de modestie.

Le mot de Newton, *en y pensant toujours*, n'est pas compris par tout le monde. Pour trouver le vrai, méditer ne suffit pas. Il faut méditer des idées claires, il faut méditer avec méthode.

Trop souvent des Esprits pénétrans ne se sont éxercés que sur de vagues hypothéses. D'autres s'obstinent à regarder plusieurs objets á la fois. Tous ces gens n'ont fait que se promener dans la Science. Ils ont marché beaucoup, et la journée finie, ils étaient plus loin que jamais de leur but.

Que vos yeux fixent longtems des nuages amassés au dessus de l'horison, et inégalement éclairés par le soleil couchant, vous finirez par y distinguer les formes de mille objets communs ou rares, des rochers énormes, des Chevaux, des lions gigantesques, les combats des Titans èt les forges de Vulcain. A la bonne heure; amusez vous de ces simulacres fantastiques. Mais prenez garde d'attrouper les passans pour leur montrer ce que vous croyez voir. Car les filoux sont là pour profiter de la distraction.

Eloquens et ingénieux *spiritualistes!* Vous avez trop d'amis parmi les *hypocrites* pour en avoir parmi les *Sages.*

ERRATA.

Pag. 5. Qu'arriverat-il — Qu'arriverat'il

- 32. r'é n'era molto — v'è n'era molto

www.ingramcontent.com/pod-product-compliance
Lightning Source LLC
LaVergne TN
LVHW012016160826
845678LV00002B/871
9782329667195